LETTRE
DE MADAME ***
A UNE DE SES AMIES
SUR LES SPECTACLES,
Et principalement sur
L'OPERA COMIQUE.

M. DCC. XLV.

« Humano capiti cervicem pictor equinam
« Jungere si velit, & varias inducere plumas,
« Undique collatis membris ut turpiter atrum
« Desinat in piscem, mulier formosa superne;
« Spectatum admissi, risum teneatis amici?
« Credite pisones, isti tabulæ fore librum
« Per similem, cujus, velut, ægri somnia, vanæ
« Fingentur species: ut nec spes, nec caput uni
« Reddatur formæ. Pictoribus atque Poëtis
« Quidlibet audendi semper fuit æqua potestas.
« Scimus, & hanc veniam petimusque, damusque vicissim:
« Sed non ut placidis: coëant inimitia, non ut
« Serpentes avibus geminentur, tigribus agni.

Hor. in art Poët.

AVIS DE L'EDITEUR.

LA Lettre que je donne au Public m'a été remise par la Dame à qui elle est adressée, à condition que je tairois son nom & celui de l'Amie qui lui écrit. J'ignore qu'elles sont les raisons, qui les engagent à se cacher ; cette Lettre ne peut que faire honneur à l'une & à l'autre ; l'esprit, le jugement, la modération, la candeur qui y régnent, font l'éloge de toutes deux.

Ce n'est point une prude ni une coquette qui écrit, c'est une femme du monde, qui aime les plaisirs, mais les plaisirs déçens, ceux qui conviennent à une honnête femme. On voit bien que ce n'est pas le désir de montrer de l'esprit, qui lui a dicté cette Lettre, elle ne court point après lui, celui qui se présente est toujours guidé par le bon sens. Qu'est-ce qu'esprit? *dit Rousseau*, raison assaisonnée. *Ce n'est pas là celui du siécle.*

Il seroit à souhaiter que

*toutes les critiques ressemblassent à celle que Madame*** fait de l'Opera Comique, elles seroient plus utiles. On n'y voit aucun trait personnel, aucun de ces traits mordans, satyriques, qui annoncent le malhonnête homme. Si quelquefois elle sort du caractere de moderation qu'elle a pris, on reconnoît sans peine qu'elle n'est animée que par le zéle que lui inspire la gloire de la Nation Françoise, qu'elle croit intéressée à abolir l'Opera Comique; & en effet que doivent penser de nos mœurs* *les Etrangers qui sont à Paris, lorsqu'ils voyent un pareil Spectacle ? J'espere que les judicieuses réfléxions qu'on trouvera dans cette Lettre, arrêteront le progrès d'un mal qui peut causer la ruine des mœurs, & la perte du bon goût.*

LETTRE

DE MADAME DE***

A UNE DE SES AMIES

SUR L'OPERA COMIQUE.

JE ſuis outrée contre vous, Madame, vous venez de m'expoſer à la ſituation la plus embaraſſante que j'aye jamais éprouvée. Je ſors de l'Opera Comique, où je ſuis allée pour me mettre en état de vous rendre compte de ce Spectacle, qui eſt devenu ſi fort à la mode. Bon Dieu! la vilaine chose que cet Opera Comique ! quelle horreur ! quelle infamie ! Est-il possible qu'on tolere en France un pareil Spectacle ? Figurez-vous voir le Temple de la débauche, ses ministres, sa prévenante facilité, l'indécence au regard effronté, & le dégoût inséparable de la débauche. J'ai l'imagination tellement salie par ces hideux objets, que je crains que ma Lettre ne se ressente de l'impression chagrine qu'ils m'ont laissée ; n'importe, je ne veux pas laisser refroidir mes idées, je crains qu'un autre jour mon esprit ne me fasse illusion. Quand il s'agit d'Ouvrages de goût, le premier sentiment eſt, je crois, toujours le plus ſûr.

L'heure du ſpectacle n'étoit point encore venuë quand j'arrivai, il faiſoit un très-grand froid, j'allai me chauffer au foyer. Jugez de ma ſurpriſe, lorſque j'eus apperçu les objets qui me fraperent en entrant: Un jeune Mouſquetaire un genoüil en terre déclamoit tragicômiquement aux pieds d'une aſſez jolie Actrice, & lui baiſoit une main qu'on lui abandonnoit ſans façon; une autre Actrice combattoit foiblement avec un fade Conſeiller, qui vouloit abſolument lui remettre ſa jaretiere, qu'elle avoit détachée pour lui faire admirer la beauté de l'ouvragé ; une troiſiéme badinoit avec un Petit-maître impudent, qui lui paſſoit la main ſur la gorge. Perſonne ne ſe dérangea quand je parus, le foyer étoit environné de jeunes gens, qui ne firent pas le moindre mouvement pour me faire place. Je voulus m'en retourner, la porte étoit embaraſſée par de nouveaux arrivans. Je m'adreſſai au premier, qui étoit à côté de moi, pour le prier de me livrer le paſſage ; c'étoit le Duc de *** que je ne reconnus pas d'abord. » Quoi, Madame, c'eſt vous ! me dit-il » en ſe retournant, ma ſurpriſe » eſt extrême ! eh que venez- » vous faire ici ? « Je lui répondis que j'avois un froid mortel ; & que je venois me chauffer. Il me donna la main pour me conduire près du feu : mais quoiqu'il fût connu, & qu'il méritât quelque considération en faveur des marques de distinction que le Roi lui a nouvellement accordées, il eut beaucoup de peine d'obtenir une place pour moi. Sa présence ni la mienne n'en imposerent en aucune façon, tout le monde continuoit sur le même ton, les uns parloient, les autres chantoient, tous me regardoient avec tant d'effronterie, que je changeai vingt fois de visage, mon embarras leur fournit quantité de mauvaises plaisanteries, qu'ils débitérent assez haut pour être entenduës, je perdis toute contenance, les Actrices en rirent beaucoup. Elles s'abandonnerent sans aucun respect pour ceux qui pouvoient le trouver mauvais, aux discours les plus hardis & les moins ménagés, & aux agaceries les plus indécentes; il sembloit qu'elles dussent un tribut de baisers à tous ceux qui entroient, chacun étoit bien reçu; le Conseiller cependant poursuivoit son amoureuse entreprise; il la poussa si loin qu'étant aussi près de lui que j'étois, & ne pouvant dissimuler son impertinence, je me levai brusquement, & priai le Duc de me donner le bras. A ce mouvement tout le monde jetta des éclats de rire, je sortis promptement. » Je suis fâché, me dit » le Duc en me conduisant à » ma loge, qu'on ait eu si peu » d'égards pour vous; si je vous » avois aperçuë plutôt, je vous » aurois empêché d'entrer au » foyer; cet endroit n'est point » fait pour vous. Quoiqu'il » soit public, on n'y respecte » point les bienseances; les » Ministres qui sont commis » pour veiller au bon ordre & » à la tranquilité des Specta- » cles, sont occupés d'affaires » plus importantes, & se re- » posent de ce soin sur des » gens qui s'acquitent mal de » leur commission; les Dames » en sont prévenuës, & elles » ne s'exposent pas aux mau-

» vais propos des jeunes gens, » qui ne vont là que pour se » divertir, & pour badiner » avec des Actrices qui sont » fort peu façonnieres. «

J'entrai dans ma loge très-peu satisfaite des raisons du Duc, & piquée contre vous. A peine fus-je assise, que j'apperçus vingt lunettes braquées contre moi; j'avois bien vû quelquefois lorgner à la Comédie & à l'Opera, mais ce n'étoit pas avec cette effronterie-là: on se servoit d'un éventail ou d'un chapeau pour n'être point apperçu; mais dans cette occasion on ne daigna pas prendre le moindre ménagement. Bientôt on se parla à l'oreille, on se demanda mon nom, que personne ne connoissoit; on conta l'avanture du foyer; & pendant un instant je vis tous les yeux de ceux qui étoient sur le theâtre tournés vers moi, on rit beaucoup en me regardant; heureusement une jeune & jolie personne, fort coquettement mise détourna, en entrant avec fracas dans une loge vis-à-vis de la mienne, l'attention que tout le monde avoit pour moi, & se la fixa pour un moment. Elle connoissoit, je crois, tous ceux qui étoient sur le theâtre, elle leur sourit tour à tour, fit des mines, prit du tabac, parla bas à une espece de Suivante qu'elle avoit avec elle, tira d'un sac brodé une navette d'or qu'elle fit briller aux yeux des Spectateurs, la remit dans son sac après avoir fait un nœud; & pour se délasser de la fatigue que lui avoit causé ce pénible exercice, & montrer un portrait enrichi de diamans qu'elle portoit en forme de bracelet, elle appuya sa tête sur son coude, & essaya assez long-tems une attitude interessante. Malheureusement pour elle, les Acteurs parurent, & lui enleverent la plus grande partie des Spectateurs.

Ne vous attendez point, Madame, à voir une analyse des Piéces qu'on nous donna, je veux vous épargner la lecture d'un extrait qui vous causeroit infailliblement du dégoût, quelques correctifs que j'employasse pour adoucir les pensées & les expressions. Je vais seulement essayer de vous donner une idée de ces Spectacles, pour satisfaire votre curiosité, c'est un sûr moyen pour vous délivrer de l'envie indiscréte, que vous avez d'aller à l'Opera Comique. Ces sortes de Piéces sont des Recuëils de Vaudevilles à la mode, assez mal cousus ensemble, & liés l'un à l'autre par une intrigue galante. Sur un fond indécent l'Auteur brode de plates allusions, des équivoques grossieres, & des jeux de mots puériles; un personnage agité d'une vilaine passion (on n'en voit point d'autre à l'Opera Comique) fait le plaiſant, & débite des épigrammes. Imaginez-vous l'effet que doit produire la repréſentation d'un tel amphigouris, lorſqu'il eſt chanté par un Acteur poliſſon, & par une Actrice minaudiére, qui ne rougit de rien ?

La Piéce brillante, celle qui avoit attiré une ſi nombreuſe aſſemblée, étoit une Parodie nouvelle du charmant *Theſée*, vous ſçavez, Madame, que ce Poëme eſt un des plus beaux du gracieux Quinault, ſi vous l'aviez vû défiguré, traveſti, qu'il vous auroit paru hydeux ! Ah, Madame, la mauvaiſe choſe qu'une Parodie ! jamais je n'en verrai. Celle-là, qui paſſe pour une des meilleures, m'a dégoûtée de toutes celles qui paroîtront, elle m'enleve le plaisir que m'a toujours procuré cet intéressant Opera. Oüi, je suis sûre, que les vilaines peintures qui m'ont frappées aujourd'hui, se retraceront à mon imagination au seul nom de *Thesée*. Devroit-on souffrir ce pitoyable genre d'écrire dans la République des Lettres ? Quel avantage produit-il ? Celui de gâter le bon goût, & d'accoutumer l'esprit au faux. Nous en voyons tous les jours des exemples bien frapans : La Comédie Françoise, le Théâtre de l'Europe le plus estimé par les Etrangers, ce Spectacle, qui a tant contribué à la gloire de la Nation Françoise, devient desert. On abandonne Corneille, Racine, Moliere, Regnard, pour courir après des monstres dramatiques, qui n'ont d'autre mérite que celui de la nouveauté & de la singularité. Ce n'est qu'en étudiant la nature, & en la suivant pas à pas, qu'on peut esperer de réussir au Théâtre; tous ceux qui s'en sont éloignés, n'ont produit que des Ouvrages qui sont morts en naissant. C'est en l'imitant qu'un sage Académicien a inventé un nouveau genre de Comédie. Que les Partisans des anciens déclament tant qu'ils voudront contre M. *de la Chassée*, le Préjugé à la mode, l'Ecole des Meres & des Amis, feront toujours honneur au cœur & à l'eſprit de l'Auteur... *On ne voit dans l'Antiquité*, diſent ces Critiques, *aucun modéle de cette eſpéce de Comédie; elle péche contre les régles du Théatre; & jamais Moliere n'a écrit dans ce goût-là*... Eh la nature toute ſimple qu'elle eſt, n'eſt-elle pas variée dans ſes productions? n'eſt-il donc qu'un moyen de plaire? Chaque beauté a ſon mérite qui ne nuit point à celui d'une autre. Les graces ingénuës de l'aimable *Dangeville* ont-elles jamais fait tort aux graces intéreſſantes de la belle, de la tendre, de la naïve *Gauſſin*? la gloire du célébre *Moliére*, n'a point nuit à celle du ſublime *Corneille*, & la réputation de ce dernier n'a porté aucune atteinte aux ſuccès de l'élégant, & du tendre *Racine*. Ils ont également réuſſi, quoique diſtingués tous trois par des talens différens. J'ai pour ces grands génies, que je lis & relis ſouvent, la même vénération que la ſçavante *Dacier* avoit pour le vieux *Homère*: cependant elle ne m'aveugle pas au point de me cacher leurs défauts; & les beautés de quelques-uns de nos Auteurs modernes. MM. *Crebillon* & *Voltaire* ont fait des Piéces que ces grands hommes ne déſavouëroient pas. *Didon* & *Mahomet Second* m'ont toujours paru dignes du ſuccès éclatant qu'elles ont eu, & parmi les Comiques modernes M. *Nericault des Touches*, plus fleuri, plus ſage, moins enjoüé, plus intéreſſant que *Moliére*, peut être placé à côté de lui. MM. *Piron* & *de Boiſſy* ont fait de fort jolies Piéces. Cependant ces Auteurs n'ont point écrit dans le goût de Moliére, leur ſtile eſt auſſi différent du ſien que celui de M. *de la Chauſſée* eſt différent du leur; malgré cette différence ils ſe ſont acquis de la réputation, quoique leurs Comédies ne ſoient pas faites ſelon *toutes les régles*. Qu'eſt-ce donc, Madame, que ces *régles* dont j'entends tous les jours parler? Sur quoi ſont-elles fondées? Je ne les connois point, & je ſerois très-fâchée de les connoître, ſi elles doivent me priver du plaiſir que me font *Melanide*, *le Préjugé à la mode.* Vraiſemblablement le premier qui s'eſt aviſé d'en faire, les a tirées des Auteurs qui ont travaillé avant lui pour le Théâtre, il les a établies ſur le plan qu'il a trouvé tout formé, & a rédigé en principes les obſervations qu'il a faites ſur les endroits de ces Piéces qui l'ont le plus frappé. Aſſurément il n'a point été plus loin, quoiqu'il l'ait pû en ſuivant les traces de la nature. Eh bien, un moderne, qui avoit plus de génie, a fait cette découverte, doit-on ſe

refuſer

refuser au plaisir qu'elle fait, parce qu'elle n'a point de modéle dans l'Antiquité? cela est aussi ridicule que si les Grecs eussent sifflé *Aristophane* & *Ménandre*, parce qu'ils sont les premiers Inventeurs de la Comédie. Les admirateurs des anciens sont outrés dans leurs Eloges; & injustes dans le jugement qu'ils portent des modernes. Qu'est-ce que la Comédie, & quel est son but? C'est je crois la représentation des mœurs qu'on se propose de corriger en amusant. On peut y réussir de deux façons: par une fidelle peinture des vices & des ridicules, ou en introduiſant ſur la Scéne des Perſonnages vertueux, qui ſervent eux-mêmes d'exemples. Ce dernier moyen eſt je crois le plus sûr, la peinture des vices eſt dangereuſe, & cauſe preſque toujours une eſpece de chagrin; celle des ridicules ne produit ſouvent d'autre effet que de nous faire rire. Les traits, la beauté de la vertu nous affectent agréablement, & nous engagent à la ſuivre. C'eſt ce que nous voyons dans les Piéces de M. de la *Chauſſée*, qui ſont pleines d'interêt, de ſentiment, & de ſages maximes. Les Critiques lui reprochent qu'il n'eſt point aſſez gai, ils prétendent que la Comédie doit toujours faire rire ; & que le nom qu'elle porte, annonce du plaiſant, du riſible, du ridicule. N'eſt-ce pas là chicaner ſur les termes ? Qu'ils donnent à ſes Piéces le nom qu'ils voudront, & qu'ils jouiſſent du plaiſir qu'elles doivent leur procurer, ſans craindre de manquer de reſpect aux anciens & *aux régles* qu'il leur a plû d'établir.

Je trouve que cet Auteur a encore un avantage ſur tous ceux qui l'ont devancé par le naturel qui régne dans tous ſes Ouvrages, il s'eſt ſi heureuſement ſervi du jargon de nos Petits-Maîtres de Cour, & des façons de parler à la mode, qu'il me ſemble que l'action qu'il me repréſente, ſe paſſe réellement devant mes yeux; illuſion que ne font point les autres Comiques, dont les écrits plus corrects & limés avec trop de ſoin, ſe reſſentent du travail de l'Auteur. Un peu de négligence ſied bien dans la Comédie, elle repréſente le commerce ordinaire de la vie. Le Dialogue doit être ſur le ton de la converſation familiere, il eſt ridicule que tous les Perſonnages ſoient des beaux eſprits, des Académiciens.

Je m'apperçois, Madame, que le zéle que j'ai pour la gloire de M. *de la Chaussée*, m'a entrainée trop loin, & m'a fait perdre de vûë mon objet principal. Je voulois le justifier dans votre esprit : mais le Recuëil de ses Piéces de Théâtre que je vous envoye, détruira plus facilement les fausses idées qu'on vous a données de cet intéressant Ecrivain, j'ajoûterai seulement qu'on goûte tous les jours de plus en plus cet Auteur ; & que ceux qui ne connoissent point *les régles du Théâtre* & les Dames sur tout, trouvent ses Comédies fort belles. Je reviens à la Parodie de Thésée.

Elle fut fort applaudie, je n'en ſuis pas ſurpriſe, elle eſt faite pour plaire aux jeunes gens d'à-préſent. Elle eſt remplie d'équivoques, d'indécence, d'obſcénités. Il y a, dit-on, de l'eſprit, du neuf; on pourroit ajoûter du ſingulier. En effet, on voit danſer (ce que l'on n'a jamais vû, & que l'on ne verra jamais qu'à l'Opera Comique) des Moutons & un Singe: voilà aſſurément du nouveau! voici ce que l'on appelle de l'eſprit, à en juger par les applaudiſſemens immodérés qu'ont excités les deux endroits que je vais vous citer. La grande Prêtreſſe entend le bruit d'un combat, elle accourt en s'écriant : *que de trintin, que de trou-que de troubles ici* ; & de crainte que le Spectateur ne soit pas assez intelligent pour saisir la finesse de ce jeu de mots indécent, elle a soin d'appuyer sur le mot *de trou-trouble*, & d'aider sa pénétration par des gestes expressifs, & par un souris significatif. L'autre endroit n'est guére moins beau, quoiqu'un peu plus enveloppé. Médée furieuse de ce que Thésée l'abandonne pour sa Rivale, & n'ayant pû se venger par le poison, sort par la cheminée, & y met le feu, pour faire périr

Théſée & ſa Maîtreſſe, Eglé effrayée dit ſur l'air *des Savoyards* :

Il faut appeller Minerve,
Afin qu'elle nous préſerve.

Théſée répond en riant :

Epargnez tout ce fracas,
Ramonez-ci, ramonez-la,
la, la, la,
La cheminée du haut en bas.

Conſeil excellent! mais déplacé dans la bouche de Théſée, qui fait le mauvais plaiſant lorſqu'il doit trembler de frayeur pour les jours d'Eglé, qui ſont menacés par une puiſſante Magicienne. Cette groſſiére alluſion auroit mieux convenu dans un Rôle de Suivante : ou de quelqu'Acteur déſintéreſſé.

Faites-moi grace, Madame, de ces deux poliſſonneries ; je ne vous les ai citées que pour vous faire juger du genre d'eſprit qu'on trouve à l'Opera Comique, & du mérite *de la Parodie de Théſée*. Je le répete encore, on ne devroit ſouffrir au Théâtre aucune Parodie, elles font tort aux Belles-Lettres, & ſont la marque la plus ſûre d'un eſprit faux ; chaque beauté, chaque perfection eſt à côté d'un défaut, le beau, le grand, le sublime est voisin du ridicule. Quelle obligation aurions-nous à une personne qui nous feroit voir la charmante d'*Etiole*, ou la belle de *Forcalquier*, exposée à un faux jour, & défigurée par des ombres? Quel mérite auroit un Peintre, qui voudroit déguiser leurs traits, qui les coefferoit d'un bonnet en pain de sucre, qui leur feroit la bouche de travers, qui leur metteroit des moustaches & une louppe sur le nez? & qui leur imprimeroit la colere sur le front? Assurément je leur sçaurois fort mauvais gré à l'une & à l'autre de m'avoir privée du plaisir inexprimable de contempler ces yeux charmans, cet air doux & intereſſant, ce ſouris enchanteur, qui font admirer leur beauté à tous ceux qui les voyent. Hé bien, Madame, le faiſeur de Parodies reſſemble au Peintre ; il défigure par le ridicule toutes les beautés d'un Ouvrage, & nous empêche ſouvent d'en être touchés.

Je paſſe aux deux autres Piéces que l'on joüa avant cette Parodie, l'une a pour titre, *les Amours Grivois*, c'eſt une eſpece de Comédie-Ballet, qui eſt faite pour célébrer les vertus, & ſur tout la valeur du Roi. Il y auroit de la mauvaiſe humeur à ne pas convenir que cette Piéce mérite des éloges. Elle eſt beaucoup mieux écrite que ne le ſont ordinairement les Opera-Comiques, & elle renferme beaucoup d'eſprit, & des loüanges fines & délicates; il ſeroit à ſouhaiter que les Auteurs s'adonnaſſent à un genre d'écrire plus diſtingué, ils peuvent entreprendre d'autres Ouvrages que des *Opera-Comiques*.

L'autre eſt intitulée *l'Amour au Village*, elle eſt abſolument mauvaiſe. Je ne vous en parle que pour avoir occaſion de vous communiquer mes réfléxions ſur l'eſpece d'Amour qu'on a introduite à l'Opera-Comique; & ſur celle qui me paroît convenir au Théâtre.

Il eſt de deux ſortes d'amour, l'un, qui naît du déſir, n'a pour objet que la joüiſſance, & traîne infailliblement à ſa ſuite la honte, les remords, le repentir & le dégoût, on devroit n'en jamais parler qu'avec l'horreur qu'il inſpire, & le chaſſer abſolument du Théâtre, qui doit être l'Ecole des bonnes mœurs. Ce n'eſt pas que je le croye fort dangereux pour une jeune perſonne bien née, au contraire, je ſuis perſuadée qu'il pourroit guérir ſon imagination, & la dégoûter pour toujours de l'amour. Mais il eſt d'autres périls à craindre pour bien des gens ; les Auteurs déguiſent ſouvent cet amour honteux, & cachent ſa difformité ſous des couleurs empruntées, qui l'embéliſſent, ils approuvent le penchant que les hommes ont à l'inconſtance, à la perfidie, à l'infidélité, ils emploient leur eſprit à déguiſer ces vices par des raiſonnemens faux: mais ſéduiſans, ils entretiennent le goût de la débauche, & l'autoriſent par des exemples. L'eſprit fait illuſion au cœur, & le cœur ſéduit, entraîne dans des égaremens, dont on a peine à sortir.

L'autre amour est fils du sentiment & de l'estime, il n'a pour but que la conquête du cœur; quelque légitime qu'il soit, il doit être combatu; l'amour heureux devient fade & languissant, celui qui ne l'est pas & qui mérite de l'être, interesse. On plaint dans *le Comte d'Essex* la Duchesse *Dirton*, l'effort qu'elle a fait de renoncer au Comte, qui l'adoroit & qu'elle aime, étoit digne d'un meilleur sort. Je ne puis souffrir, soit raison, soit préjugé, qu'une jeune fille déclare son amour à l'Amant aimé.

Cet aveu blesse la pudeur, & le respect qu'elle doit à son sexe. Il est tant d'autres moyens ingénieux & plus flatteurs de faire connoître ses sentimens sans manquer à la bienséance, que les Auteurs ne sont pas excusables quand ils s'en éloignent.

J'imagine cependant une raison de ce sentiment que j'éprouve, & qui me paroît commun avec bien des gens, nous sommes assez généralement touchés des actions qui élevent les Heros au-dessus des autres hommes; & assurément il y a plus de grandeur d'ame de se refuser à un plaisir qui nous flatte : mais que nous regardons communément comme une foiblesse, ou du moins de le combattre, que de s'y abandonner sans réserve.

Je ne sçais, Madame, pourquoi l'amour forme le nœud de toutes nos Piéces de Théâtre ; il me semble qu'on pourroit faire de fort bonnes Comédies sans le secours de cette passion ; elle est bien usée, toutes les situations, tous les sentimens qu'elle fait naître sont épuisés ; nos Auteurs modernes sont obligés de piller, de copier les anciens ; je crois que le moyen de produire du nouveau seroit de l'abandonner ; il en eſt d'autres qui peuvent la remplacer. M. *de Voltaire* nous l'a fait voir avec ſuccès dans ſa *Mérope*, où le mot d'amour n'eſt ſeulement pas prononcé ; & avant lui l'illuſtre Racine nous avoit perſuadé cette vérité par ſon admirable *Attalie*, la plus belle ſans contredit de toutes les Tragedies.

Il eſt tems, Madame, de finir cette Lettre, elle eſt d'une longueur effroyable. Une autre fois je vous parlerai de l'Opera ; ce Spectacle mérite un article à part. Hâtez-vous de venir à Paris, je me meurs d'envie de vous y voir & de vous y embrasser. Que votre impatience n'est-elle aussi vive !

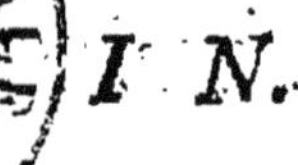

FIN.

Pour arrêter le progrès du mal que peuvent faire les Ecrits licencieux de quelques Auteurs peu ſcrupuleux, chaque Théâtre devroit avoir un Cenſeur ſévére. Quand il s'agit du bien Public, on ne peut l'être trop. La perfection des mœurs fait le bonheur des Citoyens, & la ſûreté de l'Etat.

www.ingramcontent.com/pod-product-compliance
Ingram Content Group UK Ltd.
Pitfield, Milton Keynes, MK11 3LW, UK
UKHW020411220726
13923UKWH00004B/1888

9 782019 248796